Corinna Franke

Au cabaret

Corinna Franke

Au cabaret

Herstellung und Verlag:
Books on Demand, Norderstedt

ISBN: 978-3-7534-2410-1

Auf der Autobahn

Familie Schmidtchen, bestehend aus den Eltern, ihrem Sohn und dem schwerhörigen Opa, ist mit dem Auto auf dem Weg in den Urlaub. Damit sie eventuelle Staus umfahren können, haben sie die Verkehrsnachrichten eingeschaltet.

„Oh", sagt Opa, „Brau-Arbeiten auf der A3. Ich hätte jetzt auch Durst auf ein Bier."
„Bau-Arbeiten, Opa, Bau-Arbeiten."
„Wo sind wir eigentlich?" fragt Opa.

Man hört wieder die Verkehrsnachrichten.
Opa: „Bummel-Arbeiten auf der A4. Hm, wieso arbeiten die denn so langsam?"
„Opa", meint der Enkel, „Du brauchst wirklich dringend ein neues Hörgerät. Tunnel-Arbeiten haben sie gesagt."

Eine weitere Staumeldung ertönt aus dem Radio.
Opa: „Nackt-Baustelle auf der A5. Herrlich, da will ich jetzt aber wirklich hin. Das ist auch ganz in der Nähe der A3, wo die Brau-Arbeiten sind. Da schlagen wir zwei Fliegen mit einer Klappe."
Enkel (übrigens erst 13 Jahre alt): „Opa, Nacht-Baustelle.... Man, wann kommt denn die nächs-

te Rast-Stätte, ich brauche dringend eine Zigarette..."

Im Drogeriemarkt

Ich befinde mich in einer Drogerie und will nur schnell etwas Haarspray für meine Kreidebilder kaufen. Der Laden ist fast leer.

Als ich zur Kasse gehe, taucht dort ein junger Mann auf, im Blaumann mit einer Tüte Chips. „Bitte schön", sagt er freundlich zu mir. „Danke", sage ich zu ihm und „Sie waren vor mir an der Kasse.". „Ach, ich brauche noch Zigaretten und die sind hier leider eingeschlossen", meint der Mann. „Ich habe Zeit", antworte ich. „Ich auch", sagt mein Gegenüber. „Außerdem muss ich noch mein Kleingeld suchen." Mir fällt ein, dass ich auch Zigaretten gebrauchen könnte und lasse dem Mann wiederum den Vortritt.

Inzwischen haben einige weitere Kunden den Laden betreten. Der Mann sucht nun in seinen Taschen nach dem Kleingeld. Leider wird er nicht fündig und greift in seine Gesäßtasche nach seinem Portemonnaie. Er sagt zur Kassiererin: „Bitte kassieren Sie schon mal bei der jungen Frau." Die Verkäuferin antwortet: „Jetzt habe ich Ihre Waren schon eingetippt, das geht jetzt nicht zwischendurch."

Inzwischen haben sich an der Kasse zwei, drei weitere Kunden angestellt. Der junge Mann sucht eifrig nach einem Schein. Die Kassiererin und ich werde langsam unruhig. Im Laden entsteht ein allgemeines Gemurmel.

„Kann ich auch mit Kreditkarte bezahlen?" fragt der Mann. Er zieht seine Karte aus der Geldbörse. Er steckt sie in den Schlitz – nichts. „Oh", stellt er fest, „das ist meine Krankenkassenkarte, dann habe ich meine EC-Karte wohl im Auto gelassen. Ein Moment, ich hol sie kurz."

Die Schlange an der Kasse hat sich inzwischen auf 5 Leute erhöht. Ich bekomme mit, wie die ersten überlegen zu gehen.

Nach ca. 2 Minuten ist der junge Mann zurück. „Hab ich meine Autoschlüssel hier irgendwo liegen lassen? Ich finde sie nicht." Die Kassiererin gibt ihm mit einem tödlichen Blick die Schlüssel, die er tatsächlich beim Suchen des Kleingelds auf das Band gelegt hat.

Als der Mann nach weiteren 3 Minuten mit seiner Karte zurück ist, hat die Verkäuferin in der Zwischenzeit seine Waren storniert, mich und 7 andere Kunden abkassiert und ich höre noch, vor der Drogerie rauchend, wie der Mann sagt: „Mist, ich habe meine Geheimnummer vergessen, ich muss mal eben meine Freundin über Handy anrufen"

... und „Scheiße, die EC-Karte ist auch nicht gedeckt."

Die Kassiererin sah ich, eine Stammkundin, erst ein Jahr später wieder an ihrem Arbeitsplatz.

Im Fundbüro

Ein älterer Herr kommt ins Fundbüro.
„Guten Tag, womit kann ich Ihnen helfen?"
„Huten Hag, ich habe mein Hebiss verhoren."
„Wie kann denn das passieren. Wo haben Sie es denn verloren?"
„Ich war auf dem Hüberschlagherät auf der Hirmis und musste so laut lachen."
„Na ja, es ist unwahrscheinlich, dass wir es finden, aber schreiben Sie mir mal Ihren Namen und Adresse auf."
„Homent! Da muss ich mal auf meinen Hersonalausweis hucken."
Der ältere Herr kramt in seiner Jacke.
„Ho ist denn meine Hrille? Haben Sie hielleicht eine Hrille gefunden?"
„Wie sieht die denn aus?"
„Hestell mit Gläsern. Wo ist denn meine Hrieftasche? Oh, ich hlaube, die habe ich auch verhoren."
„Wo könnten Sie denn Ihre Brieftasche verloren haben? Vielleicht auch auf der Kirmis?"
„Nein, ha hatte ich sie noch. Hahrscheinlich da, wo ich auch meine Hrau verloren habe – in der Spielhank."
„Haben Sie sonst noch was verloren?"
„Meine Hunschuld mit 18. Ha, ha, ha. Har nur ein Scherz. Und meinen Hührerschein auf der Hahrt hierher. Ich hatte ja meine Brille verhoren und honnte nichts sehen. Hi, hi, hi."

"Und sonst fehlt Ihnen nichts?"

„Hoch, mein Hegenschirm, aber ich habe ja meinen Hut."

„Welchen Hut?"

„Oh."

„Wissen Sie was, ich verliere langsam auch etwas... und zwar meine Geduld. Auf Wiedersehen, Herr äh..."

„Auf Hiedersehen, Herr Hachtmeister..."

Aus einem Hundeleben

Frauchen kommt mit der Leine.
„Lisa, wir gehen spazieren."
‚Oh nein, schon wieder...Obwohl ich könnte
mal müssen.'

Draußen.
‚Oh was für eine schöne Laterne. Die riecht
aber gut. Hier mach ich mal.'

Zwei Schritte weiter.
‚Oh, was für ein schönes Gänseblümchen...'
Frauchen
„Lisa, lass Dich doch nicht immer so ziehen."

Im Wald.
‚Oh, hier sind aber schön viele Bäume. An welchen mach ich denn mal. Und oh, ein Kaninchen...ach das krieg ich ja doch nicht.'

Wieder auf der Straße.
Frauchen trifft Frau Nachbarin.
„Ja, hallo Lisa, wie geht es denn Deinem Pföt-
chen?"
‚Scheiß Verband, stört.'
„Frau Nachbarin, haben Sie schon gehört? Bla-
blabla..."
‚Oh, ein Eichhörnchen, wie interessant. So jetzt
will ich aber nach Hause, schlafen.'
Frauchen

„Zieh doch nicht so, Lisa..."

Wegbeschreibung

Ein Mann im Auto fragt ein älteres Ehepaar nach dem Weg.

Mann: „Entschuldigung, ich suche die Spitzwegstraße."
Älterer Herr: „Da müssen Sie erst mal da vorne drehen."
Frau: „Sie können auch da unten um den Kreisel fahren. Das ist nicht so gefährlich..."
Älterer Herr: „Aber Erika, Du fährst doch gar kein Auto. Wie willst Du denn wissen, was gefährlich ist."
Autofahrer: „Also, ich drehe und dann?"
Älterer Herr: „Ach ja, Sie fahren immer gerade aus ca. 3 km, dann..."
Erika: „Aber da vorne nicht gerade aus. Da müssen Sie der Hauptstraße folgen. Die macht da einen Knick. So sagt man doch, oder Heinz-Werner?"
Heinz-Werner: „Also, Sie folgen der Hauptstraße ca. 3 km bis zur Tankstelle an der Ampel."
Erika: „Meinst Du die Aral-Tankstelle, Heinz-Werner? Die ist aber nicht 3 sondern nur 2 km entfernt. Außerdem ist da keine Ampel."
Heinz-Werner: „Nein, ich meine die Shell-Tankstelle oben auf dem Berg. Das ist an der zweiten Ampel, Schatz."
Erika: „Ach, Du meinst die Esso-Tankstelle. Die ist aber an der 3. Ampel."

Autofahrer (leicht verwirrt): „Also, ich bin an der Esso-Tankstelle. Und dann?"

Heinz-Werner: „Dann fahren Sie rechts runter. Aber dann in der ersten Kurve links rein."

Erika: „Aber das ist doch gar nicht die Spitzwegstraße, Heinz-Werner."

Heinz-Werner: „Nein, natürlich nicht, Schatzzz. Also, wenn Sie links abgebogen sind, die erste wieder rechts, Das ist die Spitzwegstraße."

Erika: „Was wollen Sie denn da?"

Autofahrer (kleinlaut): „Ich wollte zum Aldi."

Heinz-Werner: „Den gibt es da nicht mehr. Hat zugemacht. Und überhaupt, sei nicht so neugierig, Lieblinggg."

Autofahrer (total eingeschüchtert und irritiert): Was mach ich denn jetzt?"

Heinz-Werner: „Es gibt noch einen anderen Aldi in der Bissingstraße, nicht Liebesss?"

Erika: „Oder ganz oben am Elfenhang. Was wollen Sie denn überhaupt kaufen?"

Autofahrer (verlegen): „Aldi hat Navigationsgeräte im Angebot."

Heinz-Werner: „Sei ruhig, Errrika. Also, Sie fahren..."

Am Fahrkartenautomat

Ich stehe auf dem Schwebebahnhof und warte auf den Zug.
Nach einiger Zeit fällt mir ein Chinese auf, der sich mehrmals vor dem Fahrkartenautomat verbeugt und dabei etwas murmelt.
Ich gehe zu ihm hin und frage, ob ich ihm helfen könne.
„Guten Tag, ich heiße Chang", sagt der Chinese und verbeugt sich vor mir. „Ich möchte eine Fahlkalte kaufen."
Ich: „Wo möchten sie denn hin?"
Herr Chang: „Nul mit del Schwebebahn einmal in del Lunde."
Ich: „Gut, dann also Preisstufe A."
Herr Chang: „Wo ist dieses A? Und dolt gibt es Stufen, also eine Tleppe?"
Ich: „Nein, man nennt das nur so."
Herr Chang: „Was bedeutet E und K?"
Ich: „Ob sie groß oder klein sind."
Herr Chang: „Ich bin klein, sehen sie" sagt er und hält seine Hand über seinen Kopf an meine Brust.
Ich: „Nein, nein, Sie sind ein Erwachsener."
Herr Chang: „Wieviel kostet ein Fahlschein? Oh, ich sehe, hiel sind Münzen. Muss man in Deutschland Pleis fül Fahlkalte selbst auslechnen."

Ich: „Nein, sehen Sie den Satz ‚bitte passend zahlen' Das heißt nicht mit Scheinen zahlen. Der Preis steht da."

Herr Chang: „Ich nun bezahlen. Vielen Dank."

Herr Chang bezahlt und verbeugt sich vor mir. „Gute Leise. Ich mich noch velabschieden bei Flau in Automat", sprachs und verbeugt sich ein letztes Mal vor dem Fahrkartenautomat.

Literarisches

Ach Du meine **Goethe**!
In diesem **Kafka**nn einem
ja vor **Dürrenmatt** werden.
Aber dort: Eine **Fontane**.
Wir wollen uns er**Frisch**en.
Das Wasser **Schiller**t so schön.
Nimm meine **Handke** und
geh mit mir durch's **Rinser**sal.
                          Ein Hund **Böll**t.
Mann sagt, er **Hesse** Wasser.
Was trägt er für ein **Kästner**?
Er ist ein **Bernhard**iner und kein
Wolff. **Nin**, setzen wir uns
ins **Grass** und lassen uns
beim Trockenen **Lessing** plaudern...

- Ende -

Geburtstagsfeier bei der Schwangerschafts-gymnastik

„So, wer möchte noch ein Stück Kuchen?"

„Ich nicht. Ich werde zu dick."

„Ach, ist doch egal. Wir sind doch eh alle schon kugelrund."

„Wie soll denn Dein Baby heißen?"

„Sonngurd. Und wenn es ein Junge wird Eckbert."

„Also, ich weiß schon, dass es bei mir ein Mädchen wird. Wir nennen sie Wanda."

„Möchte noch jemand Sekt? Das soll fröhliche Kinder geben."

„Ach, am liebsten würde ich jetzt dazu eine Zigarette rauchen, aber ich muss an unseren Liebgard denken. So nennen wir unseren Jungen."

„Pack doch mal Deine Geschenke aus."

„Oh, ein selbstgestrickter Strampler und Socken. Da wird sich unsere Odina aber freuen."

„Ich habe noch Werbegeschenke geschickt bekommen. Für Frieda und Ediliane rosa Windeln. Für Balduin, Ernfried und Heimo hellblaue. Und die, die noch nicht so genau wissen, was es wird, hellgelb."

„So, meine Lieben. Jetzt müssen wir aber mal wieder was tun. Atmen..."

Telefon-Odyssee

Wie immer, wenn meine Eltern im Urlaub sind und ich allein im Haus bin, passiert etwas Unvorhergesehenes. Einmal war es die Heizung, die ich nicht anbekam, einmal war ein Stromkabel bei Bauarbeiten beschädigt worden, ein anderes Mal die Klospülung, die überschwappte und diesmal war es das Telefon.

Es fing damit an, dass ich versuchte via Internet meine E-Mails abzurufen, was nicht klappte. Dann wunderte ich mich, dass mich den ganzen Tag niemand angerufen hat (insbesondere meine Mutter, die das versprochen hatte). Spaßeshalber hob ich gegen Abend einfach Mal den Telefonhörer ab und siehe da: das Telefon war tot. Ich ruckelte am Kabel und haute auf die Gabel, aber nichts tat sich. Nun muss ich dazu sagen, dass ich manchmal den Hörer daneben lege, wenn ich nicht gestört werden möchte. Vielleicht war es einmal zu viel gewesen und das Telefon war kaputt?!

Ich überlegte kurz und suchte dann die Nummer der Störungsstelle raus. Ich nahm mein Handy und versuchte dort anzurufen, aber es kam die Meldung „Sim-Kartennummer nicht registriert". Ich hatte wohl zu selten mit dem Handy telefoniert. Ging also nicht.

Ich runter zu meinen Eltern und habe versucht von dort die Störungsstelle anzurufen (Gott sei Dank war der Anschluss in Ordnung). Schon nach der zweiten Zahl, die ich drückte, brach mir ein Fingernagel ab. Ich muss dazu sagen, dass meine Eltern ein schnurloses Telefon haben, mit weichen Tasten, die man fest drücken muss.

Endlich hatte ich die Nummer gewählt und eine Stimme vom Band fragte mich, ob ich den Service nutzen wolle, ich solle dann „Service" sagen. Ich dachte kurz nach und sagte „Service". Die Stimme vom Band gab mir daraufhin eine neue Telefonnummer. Also versuchte ich diese zu wählen, aber es kam nur ein „Piep" und dann nichts mehr. Ich rief nun nochmals die erste Nummer an (inzwischen war der zweite Fingernagel abgebrochen) und sagte diesmal nicht „Service". Eine Frauenstimme meldete sich und ich klagte mein Leid. Die Frau sagte, entweder ist es eine Störung draußen am Kabel oder mein Telefon ist kaputt. Dann müsste ein Monteur kommen und das kostet 40 € Anfahrtszeit und 25 € pro halbe Stunde Reparatur. (In diesem Moment setzte die Wanduhr im Esszimmer ein und läutete ¾ der Big Ben Melodie.) Ich sagte, sie solle mich erst mal mit der Störungsstelle verbinden. Das tat sie, doch nach einem kurzen „Hallo" war auch das Gespräch weg.

Ich rief noch mal bei der ersten Nummer an.
Eine andere Frauenstimme meldete sich. Ich
erzählte noch einmal alles und sie verband mich
wieder. (Während des Wartens schaute ich auf
die Telefonstation und las „defect". Nach
nochmaligem hinsehen las ich dann aber „dect",
was wohl der Name des Telefons war). Diesmal
klappte die Verbindung. Ein freundlicher Mann
frug mich, ob bei uns viele Sturmschäden seien
(Die Störungsstelle war in München). Ich sagte,
das wisse ich nicht. Er sagte, er prüfe das Kabel
und beim zweiten Versuch stellte er fest, dass
es nicht am Apparat lag, sondern draußen.

Er sagte, er würde so bald wie möglich einen
Techniker schicken, die seien im Moment aber
(wegen der Sturmschäden) völlig überlastet.
Wenn bis morgen Abend die Störung nicht
behoben sei, solle ich noch mal anrufen.

Da ich mir Sorgen machte, dass meine Eltern
sich Sorgen machen, da sie mich nicht erreichen, rief ich bei meinem Bruder (ca. 400 km
entfernt) an. Da kam jedoch die Ansage „der
Teilnehmer ist im Moment nicht erreichbar".
Jetzt kniff ich mich doch in den Arm, ob ich
nicht vielleicht träume. Ich gab auf.

In der Apotheke

Ich: „Schönen guten Tag. Ich habe ein Rezept."
MPA: „Schön."
Ich: „Es ist auch schön unterschrieben."
MPA: „Sehr schön. Ich schau mal eben schön
in unseren Computer...Ah, ich muss es bestel-
len. Eilt es?"
Ich: „Das hat Zeit. Ich habe noch davon. Bestel-
len Sie schön in Ruhe."
MPA: „Hier haben Sie schön Ihren Abhol-
schein."
Ich: „Schönen Dank."
MPA: „Schönen Tag noch."
Ich: „Auf Wiederschön...äh Wiedersehen."

Im Büro

Die Heldin betritt das Büro.

Kollegin: Guten Morgen.
Heldin: Tagchen.
Kollegin: Na, wie geht's?
Heldin: Ich brauch erst mal ein Käffchen und ein Brötchen. Hast Du noch von dem leckeren Marmelinchen?

Eine Stunde später.
Heldin: So, ich mach mal ein Päuschen. Ich muss zum Toilettchen und dann möchte ich ein Zigarettchen.
Kollegin: Bringst Du mir ein Orangensäftchen...äh... Orangensaft mit?

Zwei Stunden später.
Heldin: So, ich spül schon mal die Tellerchen und Tässchen vom Frühstück. Ich hab ja gleich Feierabendchen.
Kollegin: Was gibt's denn bei Dir heute zum Mittagessen?
Heldin: Currywürstchen. So, ich hol schon mal mein Mäntelchen und dann geht's heim ins Häuschen. Tschüsschen!!!

Verkehrsnachrichten

Und nun zu unseren aktuellen Verkehrsnach-
richten:
Achtung, Gefahr für und durch einen Marienkä-
fer auf der A46.
Stau auf der A44 durch eine überbreite Fliege,
die nicht überholt werden kann.
Außerdem Stau auf der A43 durch Wabenarbei-
ten einer Biene.
Desweiteren Stau auf der A42 wegen eines
Zusammenpralls zweier Hummeln.
Achtung: Gefahr auf der A41. Der rechte Streifen ist blockiert durch eine stehengebliebene
Mücke.
Eine weitere Gefahrenmeldung: Achtung: Gefahr auf der A40. Dort befindet sich ein Gras-
hüpfer auf dem Mittelstreifen.
Eine Falschfliegermeldung: Achtung: Gefahr
auf der A39 durch eine Geisterhormisse. Bitte
fahren Sie äußerst rechts und überholen Sie
nicht.
Achtung: Gefahr auch auf der A38 durch eine
querstehende Wespe. Der Verkehr wird über
die Standspur weitergeleitet.

Nun zu unseren internationalen Verkehrsmel-
dungen:
Achtung: Gefahr in Australien. Ein Dingo mit
seiner Familie durchquert das Outback.

Und nun zur letzten Meldung:
Achtung: Im Norden Chinas ist ein Sack Reis
umgekippt...

Auf der Autobahn (Teil 2)

Eltern, Junge und schwerhöriger Opa kommen aus dem Theater (es wurde „My Fair Lady" gegeben). Opas neue Freundin sitzt mit im Wagen.

Opas Freundin: Lasst uns doch zum Ausklang ein bisschen klassische Musik auf WDR 3 hören.
Opa: Da bringen sie aber keine Verkehrsnachrichten.
Vater: Ich würde gern WDR 5 hören. Ich möchte wissen, wie die Wahl ausgegangen ist.
Mutter: Leg doch mal die Kassette von den Wildecker Herzbuben ein.
Opa: Dann können wir auch gleich meine Lieblingskassette mit der Marschmusik hören.

Vater macht die Verkehrsnachrichten rein.
Opa: Oh, Rehe auf der A46.
(singt) Es grünt so grün, wenn Spaniens Blüten blühen...
Junge: Ich will Rammstein.
Opa (singt): ...ich sehe Rehe in der Nähe...
Opas Freundin (singt mit): ...ich weiß, wie gut Du zu mir bist
Junge: Heavy Metall, Speed Metall, ich will rauchen...

Befragung

Mein Telefon klingelt.
Guten Tag, mein Name ist Gerda Holm.
Ich rufe an im Auftrag des WSW. Wir führen
eine Befragung durch zum Thema VV (Ver-
kehrsverhalten).
Wir möchten gerne wissen, ob Sie den ÖNV
(öffentlichen Nahverkehr) nutzen, besser gesagt
den ÖPNV (öffentlichen Personennahverkehr)
nutzen?
Fahren Sie mit der SB (Schwebebahn), CB
(Citybus), SNV (Schienennahverkehr), ÜRB
(überregionaler Bus)?
Wenn ja, haben Sie eine WFK (Wochenfahrkar-
te) oder eine MFK (Monatsfahrkarte)?
Oder benutzen Sie das PA (Privatauto) bzw.
eine MFG (Mitfahrgemeinschaft)?
Wenn ja, wie viel bezahlen Sie im Monat an SK
(Spritkosten)?

Ich unterbreche die Dame mit den Worten:
Auf solche Anrufe reagiere ich nicht... AW
(Auf Wiedersehen)

Schwerkraft

Schon seit meiner Kindheit habe ich Probleme
mit der Schwerkraft. Da ich recht groß war, fiel
ich oft hin. Auch einen Ball fangen konnte ich
nicht.

Später als Jugendliche fielen mir ständig Dinge
herunter: Schlüssel, Feuerzeuge, Eis...

Vor einigen Jahren, als ich begann, meinen
eigenen Haushalt zu führen und ich regelmäßig
spülen musste, fing ich an, Besteck und Teller
fallen zu lassen. Scherben bringen Glück, dachte ich und mir nichts dabei.

Eine Steigerung hatte ich jedoch vor ein paar
Tagen, als ich das Zimmer eines Bekannten
aufräumte. Ich bückte mich und stieß an den
Fernseher, der fast herunter fiel. Ich erschrak,
doch als ich später darüber nachdachte, fiel mir
ein, dass ich ja Haftpflicht versichert war.

Um meine Nerven zu beruhigen, ging ich am
nächsten Tag zum Supermarkt, um mir Schoko-
lade zu kaufen. Beim Wühlen nach der richti-
gen Sorte rutschte der ganze Karton aus dem
Regal und verstreute sich auf dem Boden. Na
ja, dachte ich, kann mal passieren. Ich überlegte, jetzt, wo ich schon mal da bin, kann ich auch
gleich etwas Käse mitnehmen. Als ich (extrem

vorsichtig) ein Stück Käse aus der Kühlung nahm, brach das ganze Regal zusammen. Vor Schreck wich ich zurück und knallte mit meinem Einkaufswagen gegen eine schmale, aber hohe Palette Bier. Glücklicherweise war das Bier in Plastikflaschen, aber einige waren beim Aufprall aufgegangen und der ganze Laden roch danach.

Nachdem die Sache mit dem Personal geregelt war (klasse Haftpflichtversicherung), ging ich zur Kasse, um meine Einkäufe zu bezahlen. Leider war das Band zu schnell eingestellt und meine Waren landeten auf der Erde. Als ich bezahlen wollte, fiel mir mein Portemonnaie mit dem Kleingeld herunter. Ich bückte mich, um es aufzuheben und bemerkte unter dem Kassenhäuschen einen 100 € Schein. Schnell steckte ich ihn ein. Und das Personal wundert sich noch heute, dass ich so fröhlich grinsend aus dem Laden ging.

E-Mail für Fred

Ich will eine E-Mail am Computer schreiben.

Lieber Fred

Ein Fenster öffnet sich und es kommt die Meldung: Sie wollen einen Formbrief schreiben. Ich klicke die Meldung weg.

Ich danke Dir für das schöne Wochenende. Ich vermisse Dich ein bisschen

Es kommt die Warnmeldung: Sie verlassen den neutralen Bereich. Ich klicke die Meldung weg.

Du bist der Mann meiner Träume. Ich liebe Dich

Warnhinweis auf dem Bildschirm: Achtung. Sie schreiben einen Liebesbrief. Ich klicke den Hinweis weg.

Liebe Grüße
Corinna

Senden. Meldung: Sie wollen die E-Mail wirklich abschicken. Ich klicke ja. Meldung: Sie wollen die E-Mail ganz bestimmt abschicken. Ich klicke ja. Meldung: Sie wollen die E-Mail ganz sicher abschicken. Ich klicke zum dritten

Mal ja. Nachricht wurde versendet. Meldung:
Selbst schuld...

Chlor

Und da sind sie wieder auf dem Putzfeld. Die Mannschaft um Kapitän Persil. Ihre gegnerische Mannschaft: Schmutz. Anpfiff. Persil gegen Wäscheschmutz, weiter an Ajax. Ajax gegen Kalk, gibt ab an Ata, Biff gegen Spiegelränder, nun noch zu Aku Pad am Spülrand, Domestos nicht im Abseits, sondern im Klo und Chlor, Chlor, Chlor... gewonnen. Sie haben die Meister Propper Schale gewonnen.

Das Ding
oder
Schraube locker

Letztens kaufte ich in einem Baumarkt ein großes Ding, das noch zusammengebaut werden
musste.
Zu Hause überschlug ich, wie bei jedem Buch,
das Vorwort der Bauanleitung und fing direkt
an, das Ding zusammen zu setzen. Es bestand
aus vielen kleinen und großen Teilen und ich
war mehrere Wochen beschäftigt. Ich schraubte
und hämmerte erst im Keller; als das Ding zu
groß wurde, ging ich damit in den Garten. Das
Ding blähte sich immer mehr auf.
Doch eines Tages war es fertig. Ich brauchte
nur noch den Stecker in die Steckdose stecken
und ... nichts. Ich hatte mich genau an die An-
leitung gehalten. Frustriert nahm ich diese noch
mal zur Hand und entdeckte das Vorwort. Darin
stand:
Vergessen Sie nicht vor Beginn des Aufbauens
den Kontakt zwischen A und B mit einer
Schraube festzuziehen...

Dia-Abend

Letztens waren wir bei Werner zum Dia-Abend
eingeladen. Er hatte Urlaub in den Schweizer
Bergen gemacht und wollte uns nun stolz seine
Bilder zeigen.

Bild 1: Schweizer Berg ganz links
Bild 2: Schweizer Berg links
Bild 3: Schweizer Berg Mitte ...

Und hier ein Steinbock
Und hier das Steinbock Weibchen
Als nächstes das Steinbock Weibchen mit ei-
nem Kind ...

Hier ein Enzian ohne Zoom
Hier ein Enzian mit Zoom

Zum Abschluss der Bauernhof, auf dem wir
gelebt haben.
Hier die Scheune
Hier der Heuhaufen
Und nun zum Höhepunkt des Abends:
Hier die Stecknadel, die wir in dem Heuhaufen
gefunden haben.

High Noon

Es ist 12.00 Uhr in Deutschland und ich gehe
an der Schlange der vor der Ampel wartenden
Autos entlang:

- der Mann vom Frisch Dienst isst ein
  trockenes Brötchen
- der Fahrer von Bo-Frost schleckert ein
  Eis
- die Frau mit der Tupperware holt ihr
  Brot aus der Dose
- der Fahrer von Aldi probiert sein neues
  Navigationsgerät aus
- die blonde Frau vom Nagelstudio
  knabbert an einem Salatblatt
- der Polizist probiert die neuen Hand-
  schellen aus
- die Fahrer vom Krankenwagen essen
  ihre Blutwurst Stullen
- der Getränke-Lieferant öffnet seine 3.
  Dose Bier
- der Junge vom Pizza-Taxi isst ein Dö-
  ner

und ich, da ich eine Diät mache, zünde mir eine
Zigarette an.

Dreckig

Vor kurzem stand ich an der Ampel und wartete. Ein ebenfalls wartender Wagen mir gegenüber fiel mir auf. Er war total verschmutzt. Das
Nummernschild war kaum zu lesen, auf der
Motorhaube lag Laub und die Fenster waren
verschmiert.
Als der Wagen an mir vorbei fuhr konnte ich
noch so eben unter einer Dreckschicht lesen:
Michael's Car Wash.

Auf der Autobahn (Teil 3)

Familie Schmidtchen mit schwerhörigen Opa sitzt mal wieder im Auto. Es laufen die Nachrichten.

Sprecher: „ ... Scheichs in Dubai ...“
Opa unterbricht: „Was für Schweiß in Dubai? Natürlich ist es dort heiß. Aber wen interessiert das?“

Es folgen die Verkehrsnachrichten.
Sprecher: „Behinderung auf der A8 durch Gegner der Castoren.“
Opa: „Was machen denn Pastoren auf der Autobahn?“
Enkel: „Opa, Castoren, Castor-Transporte.“
Opa: „Was, jetzt bewachen schon Pfarrer diese Aktion, ts,ts,ts.“

Sprecher weiter: „Umfahren Sie wenn möglich das Gelände.“
Opa: „Wofür braucht man den ein Geländer auf der Autobahn, und wieso sollen wir es kaputt fahren?“
Enkel: „Opa, wann lässt Du endlich Dein Hörgerät reparieren.“
Opa. „Das ist doch weg. Es ist mir ins Klo gefallen.“
Enkel (inzwischen 14 Jahre alt): „Ich brauch einen Schnaps.“

Auf dem Weg zum Arzt

Sie hatte einen Termin beim Arzt. Sie hatte gut
geschlafen und machte sich gut gelaunt und
offen für die Welt auf den Weg.
Als erstes kam sie beim Autolicht-Service Hella
vorbei. Dann der Installateur Heinz Wanne.
Danach das Bestattungsinstitut Laich. Auf der
anderen Straßenseite war die Döner-Bude
Knobloch.
Sie kam vorbei am Eiscafe, Inhaber Giacomo
Gelati, Fleischerei Speck und Textildiscounter
Flick und darüber der Supermarkt, Inhaber P.
Salomonell. Weiter ging's vorbei am Frisör H.
Schnitt und auf der anderen Straßenseite Ände-
rungsschneiderei Fair Schnitt.
Die Apotheke, Inhaber Karl Kraut.
Endlich sah sie das Schild: Arztpraxis Dr. med.
I. Ziner.

Auf der Autobahn (Teil 4)

Familie Schmidtchen mit dem schwerhörigen Opa ist mal wieder unterwegs. Sie hören mal wieder Verkehrsnachrichten.

Sprecher: ... wieder Stau auf der A8...
Opa: Widder-Stau? Was machen denn die ganzen Schafe auf der Autobahn?

Sprecher: ... Stau durch Besetzen des Stuttgarter Bahnhofs durch Autonome...
Opa: Was, Autos im Bahnhof?`
Enkel: Opa, Autonome sind Gegner des Projekts Stuttgart 21.
Opa: Ach, Du meinst Autonamen.
Enkel: Nein Opa, Autonome.
Opa: Jetzt verstehe ich. Ottomane. Die Gegner sitzen auf Sofas. Na, immer noch besser als mit Autos im Bahnhof zu sitzen.
Enkel: Opa, morgen kaufen wir Dir ein neues Hörgerät.
Opa: Was, ein Störgerät? Wofür ist das denn?
Enkel: Ich brauch jetzt ein Bier...

Der klassische Imperativ

Die Lehrerin betritt die Klasse.
Kinder, heute lernen wir den Imperativ, also die
Befehlsform. Zuerst beugen wir die Verben mit
„e". Ich nenne ein Beispiel: lesen wird zu lies!
Liese: Was soll ich?
Lehrerin: Ich meinte nicht Dich. Ich sagte lesen
wird zu lies! Aber, da Du gerade dran bist,
kannst Du ja auch gleich ein Beispiel nennen.
Liese: Heben – Hieb!
Lehrerin: Falsch. Bei heben bleibt das „e" er-
halten, weil es ein schwaches Verb ist. Also
heißt es Heb! Siggi, kannst Du mir ein anderes
Beispiel geben?
Siggi: Beten – Biet!
Lehrerin: Auch falsch. Beten wird zu bete! und
bitten wird zu bitte!
Die Klasse geschlossen: Danke!
Lehrerin: Also noch mal zur Erklärung: Wenn
ein Verb schwach ist, also sich bei der Vergan-
genheitsform nichts ändert, bleibt das „e". Bei
starken Verben wie geben wird das „e" zu „i",
geben – gib! Michel?
Michel: Legen – lieg!
Lehrerin: Falsch. Legen – leg! und liegen –
lieg! Antje?
Antje: Reden – ried!
Lehrerin: Wieder falsch. Reden – red! und riet
kommt von raten.
Antje: Und raten kommt von Rad.

Siggi: Und radeln kommt von Ruder.

Die Klasse grölt. Man hört Zurufe wie „baden –
Bude", „holen – Hall" und „lügen – Loge".

Die Lehrerin kann sich kaum bemerkbar machen und ruft, da es gerade zum Unterrichtsen-
de schellt:

Und morgen beugen wir Verben mit „a".

Ein Zuruf: und beugen von Bug!

Die Lehrerin klappt das Klassenbuch zu und
verschwindet.

Auf der Autobahn (Teil 5)

Familie Schmidtchen hat den schwerhörigen Opa aus der Hals-Nasen-Ohren-Klinik abgeholt. Er hat sich dort einer Operation unterzogen und soll jetzt angeblich wieder besser hören.

Enkel: Und Opa, wie geht's Dir? Hörst Du jetzt wieder besser?

Opa: Was hast du gesagt?

Enkel: Ob Du jetzt wieder besser hörst.

Opa: Ja klar. Deine Mutter hat gerade Deinem Vater zugeflüstert, dass ich gealtert sei.

Mutter: Oh. Die Operation war wohl erfolgreich.

Opa: Und wo fahren wir jetzt hin?

Mutter: Zum Hörgeräte-Studio. Du brauchst doch noch eine kleine Unterstützung, sagt der Arzt.

Opa: Wie bitte, Hörgeräte-Studium? Bin ich nicht ein bisschen zu alt für die Uni?

Mutter: Ich meine einen Laden, in dem es Hörgeräte gibt.

Opa: Ich will kein Hörgerät mehr. Meine Freundin sagt, dass sei unattraktiv.

Enkel: Ist vielleicht auch besser so, so wie die schmatzt.

Opa: Genau, die ist ein echter Schatz.

Enkel: Ich halt das nicht mehr aus. Ich will Oro-pax.

Ins Leben gegriffen

Ich ging, wie häufig freitags, zu meinem Tabakwaren-Laden. Vor der Tür stand eine junge Frau mit Kinderwagen und zwei Hunden. Ein junger Mann war in dem Laden und wollte Tabak kaufen.
Er hatte gelb gefärbte Haare mit grünen Strähnen und kahlrasierten Streifen an den Seiten.
Sie hatte ebenfalls gelb gefärbte Haare und auf dem Schulterblatt ein Hundepfoten-Tatoo.
Sie rief ihm zu: Tu noch 70 Cent für die BILD dazu.
Er: Dann musst du mir aber noch Geld geben. Hin und her.
Er zum Ladenbesitzer: Geben Sie mir noch einen mittelgroßen Jägermeister dazu.
Sie: Du kriegst aber auch nie genug.
Nachdem ich fertig war, überholte ich das schlampig angezogene Paar. Auf dem Kinderwagen-Dach lag eine gammelige Schale Pommes.
Ich hörte sie noch hinter mir.
Er: Schlag mich doch nicht immer so doll, das tut doch weh...

44

Month

Hr. Month ist beim Einwohnermeldeamt. Er ist aus beruflichen Gründen von England nach Deutschland gezogen und will nun seine Familie ummelden.

Beamtin: ... So, nun zu Ihren Kindern. Wie viele haben Sie?
Hr. Month: Vier. Drei Mädchen und einen Jungen.
Beamtin: Name? Alter?
Hr. Month: Die Älteste ist 14 und heißt Madge.
Beamtin: March wie März?
Hr. Month: Nein, mit „d" und „g".
Beamtin: Gut, weiter.
Hr. Month: Die Zweitälteste heißt April Mae June und ist 12 Jahre alt.
Beamtin: Wollen sie mich verarschen...
Hr Month: Please?
Beamtin: Schon gut. Die dritte Tochter?!
Hr. Month: Heißt July und wird 6.
Beamtin: Und den Sohn? Haben Sie bestimmt August genannt...
Hr. Month: Genau. Woher wissen Sie das? Der jüngste ist 1 Jahr alt und heißt tatsächlich August.
Beamtin: Alles klar. Auf Wiedersehen.
Hr. Month: Vielen Dank. Auf Wiedersehen.

Auf der Autobahn Teil X

Familie Schmidtchen sitzt im Auto. Es ist der 1.1. und sie waren im Neujahrskonzert. Natürlich laufen wieder die Verkehrsnachrichten.

Sprecher: ... Gefahr auf der A5 durch eine ungesicherte Unfallstelle...
Opa: Was meint er denn mit ungeschickter Unfallstelle? Sind Unfälle nicht immer ungeschickt? Und wieso spricht er so leise?

Nach einiger Zeit.
Enkel: Opa, was guckt denn da aus Deinem Ohr?
Opa: Das ist doch mein Hörgerät.
Enkel: Nein, es ist gelb.
Opa: Oh, das muss mein Oro-pax vom Mittagsschlaf sein. Ach, deshalb war die Musik so leise, ich habe mich schon gewundert. Andererseits, was habe ich denn dann in den Mülleimer geworfen? Oje, mein Hörgerät.
Mutter: Opa, das wievielte Hörgerät ist es, das Du verloren hast?
Opa: Lass mich nachzählen. Das müsste das 17. in diesem Jahr sein.
Enkel: Opa, Du verprasst Dein ganzes Geld. Ich will erben und außerdem mal wieder vernünftige Musik hören...

Anonyme Stotterer

Wir befinden uns in der Turnhalle Halle. Dort treffen sich wie jeden Donnerstag die AS, die Anonymen Stotterer. Der Leiter Jonas, selbst Betroffener, bittet die Teilnehmer, sich zunächst mit Vornamen vorzustellen.

- Ich heiße Mi-mi-michael-el Ehl. Ehl ist mein Na-na-nachname.

Leiter: Wir wo-wo-wollten eigentlich nu-nur den Vornamen. Also, dann ste-ste-stellen sich jetzt bitte alle mit Vor- u-u-und Nachnamen vor.

- Mein Na-na-Name ist Da-da-david Di-Di-Did.

Leiter: Aha, David Did. Ist das richtig?

- Ja.

- Ich heiße Klau-Klau-Klaus Hau-Hau-Haus.

Leiter: Und das Fräulein hier vorne?

- Ich bi-bi-bin kein Fräulein. Ich bin Frau Doktor Constan-stan-stanze Stan-stan-Stanze-Wa-wa-Wanze.

Leiter: Habe ich richtig verstanden: Frau Doktor Constanze Stanze-Wanze?

- Ja.

Leiter: Wie hast Du, ich darf doch Du-du-du sagen, den Doktortitel mit dieser Be-be-behinderung geschafft?

- Ich bin Mu-mu-musik Professorin. Beim Singen bzw. Instrument spie-spie-spielen stottere ich nicht.

Leiter: Und unser letzter Teilne-ne-nehmer?
Wie heißt Du?
- Ed-ed-edmu-mu-mund Mu-mu-Mund. Ed-
mund Mund. Und ich bin Lo-lo-logopäde.
Wenn ich jemanden behandle, sto-sto-stottere
ich komischerweise nicht und kann durch meine ei-ei-eigenen Erfahrungen besser helfen.
Leiter: Vielen Dank. Nun wollen wir be-be-
beginnen...

Auf der Autobahn (Teil 7)

Opa Schmidtchen, seine Freundin und sein Enkel sind auf der Fahrt in den Urlaub. Opa Schmidtchen hat inzwischen trotz Schwerhörigkeit seinen Führerschein gemacht.
Das Radio läuft.

Sprecher. ... stehen Sie 3 km im Stau...
Opa: Wer stinkt im Stau? Und wieso kann man das 3 km riechen?
Enkel: Opa, stehen, nicht stinken.
Opa: Ach so. Stehlen. Das sind bestimmt die Fahrzeuge, für die man eine Flosse bilden soll.
Enkel: Gasse bilden. Aber die stehlen nicht.

Im Radio kommt eine Comedy-Serie.
„Tuten Gag".
Opa: Das will ich nicht hören. Die sprechen immer so undeutlich. Da verstehe ich immer alles falsch.
Enkel: Aber Opa, das ist doch gerade das Witzige.
Opa: Aber über mich lacht niemand, wenn ich was falsch verstehe.
Enkel: Opa, jetzt wird mal nicht depressiv. Wir fahren doch in den Süden.
Opa: Ja, müde bin ich schon ein bisschen. Elvira, übernimm Du doch mal das Steuer.
Elvira (Opas Freundin): Aber ich kann doch gar nicht fahren.

Opa: Egal.
Enkel: Hilfe, ich will noch nicht sterben...

Abendgymnasium

In der Deutschstunde des Abendgymnasiums werden heute Verben gebeugt.

Der Lehrer nennt zunächst ein Beispiel.

Gehen – ging- gegangen. So, nun bitte die Dame da drüben, beugen sie bitte „schreiben".

Hausfrau: Schreiben – schrieb – geschrubbt.

- Hm. Nicht ganz. Der nächste bitte mit dem Wort „leiten".

Elektriker: Leiten – lud – gelötet.

- Falsch, denken Sie nicht immer an ihre Arbeit. Noch ein Versuch. Sie dort hinten, bitte „tarnen" beugen.

Sportler: Tarnen – tarnte – geturnt.

- So kommen wir nicht weiter. Bitte suchen Sie sich selbst ein Verb aus, das zu Ihnen passt.

Schauspieler: Spielen – spülte – gespult.

- Völlig falsch.

Es unterbricht verträumt die Somnambule:

Träumen – träumte – getürmt.

- Hm. Ein letzter Versuch. Sie da, beugen Sie ein Wort.

Gärtner: Gießen – goss – genossen.

- Oh nein, kann es denn wirklich keiner richtig?

Kranker: Ich weiß wie es geht: niesen – nass – genesen.

- Passt zwar inhaltlich, aber sonst... Ich glaube, wir machen nächste Woche etwas einfacheres. Vielen Dank. Auf Wiedersehen.

51

Ins Leben gegriffen (II)

Die 6köpfige Familie, bestehend aus der allein-
erziehenden Mutter und ihren 5 Kindern, jedes
hat einen anderen Vater, sitzt am Frühstücks-
tisch.
Die Mutter verteilt die heutigen Aufgaben.
Mutter: Ich muss heute zu meiner Putzstelle, d.
h. ihr müsst heute allein klarkommen. Yvonne
Chantal Gabi, Du kochst, wenn Du von der
Schule kommst und wisch Dir den Lippenstift
ab. Woher hast Du überhaupt den Mini-Rock?
Anschließend hilft Dir Eveline Jaqueline Petra
beim Spülen. Die bringt auch gleich den Müll
raus. Kevin–Karl, Du räumst heute endlich
Dein Zimmer auf und popel nicht in der Nase.
Antonia Larissa Susi, Du holst Justin-Jakob
vom Kinderhort ab. Alles klar?

Vaterfreuden – Vaterleiden

Ich habe ein weißes Kaninchen namens Luitpold. Letztens hatten wir eine braune Kanin-
chendame, Luisa, zur Pflege. Wie es der Zufall
will, begegneten sich beide, als ich sie getrennt
laufen ließ, im Flur. Ehe ich einschreiten konnte, war es schon passiert und Luitpold hatte
seine Bezeichnung als Rammler alle Ehre gemacht.
Zwei Monate, nachdem Luisa wieder bei ihrer
Besitzerin war, bekamen wir Post von diesen.
Ein Foto mit 6 süßen Kaninchenjungen und
einem Brief mit der Aufforderung zur Unter-
haltszahlung.
Obwohl die Kleinen augenscheinlich Babys von
Luisa und Luitpold waren, weiß-braun gemus-
tert, gingen wir erst mal zum Tierarzt und lie-
ßen einen Vaterschaftstest machen.
Das Ergebnis war zu erwarten. Luitpold war
6facher Vater. Nun schrieben wir einen Brief
und forderten das Sorgerecht für 3 der jungen
Kaninchen. Die Klage wurde abgewiesen, wegen fehlender Zitzen.
Nun müssen wir jeden Monat 50 € überweisen:
5 € für jedes der Jungen und 20 € für Luisa.
Besuchsrecht gibt es nicht, dafür bekommen
wir jedes ¼ Jahr ein Foto geschickt.

Ober

Die **Wipperführt** wenig Wasser,
das ist der Grund, warum der
Stand der **Wupperfeld**. Man
kann dort ein **Bad Füssing** nehmen
oder **Innsbruck**e gehen.
Aber da, wo die **Ober-hausen**, also
Mitten(im)**wald**, fährt kein **Hückes-
wagen** zum **Gummersbach**. Aber im
Ober-s-dorf kann man **Baden Baden**.
Da, wo die **Ober –ammer-gau**en kann
man **Essen** und mit ver**Dort** en **mund**
Hagenbutten Tee trinken.
Ach, Du, ich will lieber einen
Leibzigaretten.

Auf der Autobahn (Teil 8)

Der schwerhörige Opa und sein Enkel sitzen im Auto. Der Opa hat den Enkel aus der Disco abgeholt.
Die Verkehrsnachrichten laufen.

Sprecher: ... hat ein LKW die Leitplanke durchbrochen...
Opa: Was? Ein LKW ist unter einer Leitplanke durchgekrochen? Wie hat er das denn geschafft?

Später
Sprecher: ... auf der rechten Spur ein defekter LKW...
Opa: Ein befleckter LKW? Wie kann denn ein LKW seinen guten Ruf verlieren?
Enkel: Was ist mit der Hupe?
Opa: Hörst Du jetzt auch schlecht? Ich sagte „Ruf".
Enkel: In der Disco war es so laut, deshalb höre ich jetzt so schlecht.
Opa: Was hat denn jetzt der LKW mit der Disco zu tun?
Enkel: Und warum hab ich jetzt einen schlechten Ruf, nur wie ich in der Disco?... Drück mal auf die Hupe, damit die hier schneller fahren...
Ach, da vorne steht ein defekter LKW...

Fürstliche Hochzeit

Heute verfolgen wir die Hochzeit von Fürst Adalbert und seiner Ehefrau Adelheid. Das Fürstentum Sankt Marion liegt im Dreiländereck Deutschland, Schweiz, Österreich. Viele hochrangige Personen sind eingeladen, es herrscht keine Kleiderordnung, obwohl Hüte erwünscht sind.

Wir sehen nun Bruno und Brunhilde von Brandeneck mit ihrer Tochter Berta. Die Baronin trägt ein rückenfreies Kleid, der Baron weiße Shorts, ihre Tochter einen Minirock.

Es folgen Graf Anton und seine Frau Antonia; beide in Pink: sie in einem pinkfarbenen Kleid, er in pinkfarbener Weste unter dem Anzug.

Als nächstes sehen wir Trautgott Schön, ein in Sankt Marion berühmtes Modell; sie trägt eine Kreation von Ramani: einen roten Bikini und darüber einen Umhang aus durchsichtigem Gardinenstoff.

Nun kommt Baroness Elisabeth von Wutstress mit einem Würfelhut zu einem schwarz/weiß kariertem Kostüm und ihre Schwester Baroness Eitelhard von Wutstress (beide sind nicht verheiratet) mit einem Hut mit 1 m langen Pfauenfedern.

Doch nun zum Höhepunkt der Hochzeit; die Braut schreitet herein mit einem, wie schon im Vorfeld bekannt war, Kleid von Bert Lagerberg. Ein Traum aus weißen Federn und auf dem

Haar, oh ja, tatsächlich, ein Schwan als Hut, an
dem der 3 m lange Schleier befestigt ist.
Doch war ist das: ein Schwan läuft auf dem
roten Teppich hinter der Braut...
Ich brauche eine Pause, zurück ins Sendestudio.

Strom
oder
„Ich merke nichts"

Der Arzt hatte bei mir eine Knorpelschwäche im rechten Knie festgestellt, also musste ich zur Bestrahlung.
Die erste Bestrahlung verlief reibungslos: die Sprechstundenhilfe legte Schwämmchen und Elektroden an mein Knie, drehte den Strom bis +10 bis ich etwas spürte.
Bei der zweiten Bestrahlung fing sie direkt mit +10 an und drehte den Regler höher. +12, +15, ich spürte nichts. +20, +25, ich spürte immer noch nichts. +30, das Gerät fing laut an zu brummen, die Trennwände und die Liege fingen an zu vibrieren. Die Sprechstundenhilfe drehte weiter auf, +40 und rief gegen das laute Brummen des Geräts an. „Spüren Sie immer noch nichts?" Ich: „Nein". +50, +60, die Trennwände im Bestrahlungsraum wackelten, das Gerät machte ohrenbetäubenden Lärm. +70, +80, +90, +100. Das Gerät explodierte, die Trennwände brachen zusammen, eine fiel auf mein Knie. „Oh", sagte ich, „jetzt spüre ich etwas"...

Strom
oder
„Ich merke nichts" (II)

Ich musste weiterhin zur Bestrahlung meines
Knies zwecks Knorpelbildung. Das Gerät war
inzwischen wieder repariert, die Trennwände
aufgestellt.
Ich war an diesem Spätnachmittag eine der
letzten in der Praxis. Die Sprechstundenhilfe
drehte den Regler auf +15, faselte etwas von
Strom wie 1 Glas Wein, manchmal merkt man
mehr, manchmal weniger, ich merkte etwas,
alles war gut.
Die Lichtpunkte, die die Restzeit andeuteten,
wurden weniger, ich entspannte mich und dachte über das Glas Wein nach.
Als ich nach einiger Zeit auf die Lichtpunkte
schaute, sah ich nur noch einen. Gut, dachte ich,
da bin ich gleich fertig. Nichts da, just in dem
Moment leuchteten wieder alle 10 Punkte auf.
Hm, war das Gerät nicht richtig repariert worden oder musste es so sein.
Inzwischen war es sehr ruhig geworden in der
Praxis, es fing draußen an zu dämmern, ich
wartete. 9,8,7,6,5,4,3,2,1 plopp, da waren es
wieder 10 Lichtpunkte. Langsam wurde mir die
Sache unheimlich.
In dem Moment ging das Licht aus, ein Schlüssel wurde umgedreht und ehe ich etwas sagen
konnte, war ich allein. Hm, dachte ich, was

nun? Die Lichtpunkte leuchteten mal mehr, mal weniger. Ich bekam Lust auf ein Glas Wein. Es war inzwischen dunkel, ich legte mich samt Elektroden auf die Liege und schlief ein.

Als mich der Arzt am nächsten Tag fand, untersuchte er gleich mein Knie, das ja die ganze Nacht bestrahlt worden war.

„Wunderbar, ihr Knie, wunderschöner Knorpel. Sie sind geheilt." Es schien ein guter Tag zu werden...

Strom
oder
„Ich merke nichts" (III)

Die Bestrahlung des rechten Knies war also erfolgreich abgeschlossen. Doch nun machte sich das linke Knie bemerkbar. Also wieder Bestrahlung.

Die Sprechstundenhilfe legte mich also wieder an das Gerät mit den „stereodynamischen Interferenzströmen", genannt „Stereodynator 728 S" (S für sensitiv?).

Nachdem sie gegangen war, bemerkte ich, dass nicht 10 Lichtpunkte aufleuchteten, sondern nur einer, und nach einiger Zeit wurden es 2,3...

Hm. War das Gerät immer noch kaputt? Mir wurde irgendwie schwindelig. Ich hatte das Gefühl, dass mir statt Strom zugefügt, Energie entzogen wurde. Mir wurde schwarz vor Augen, ich wurde ohnmächtig.

Die Sprechstundenhilfe fand mich und stellte erschreckt fest: „Oh, Entschuldigung. Ich habe statt „+" „-" eingestellt. Am besten Sie essen gleich eine Tüte Chips, da bekommen sie genug neue Elektrolyte."

Prima, dachte ich, endlich durfte ich mal Chips ohne schlechtes Gewissen essen... Es schien ein guter Tag ...

Auf der Autobahn (Teil 9)

Opa fährt mit dem Umzugs-LKW und seinem Enkel auf der Autobahn. Im Radio läuft der Verkehrsfunk.

Sprecher: Stau auf der A46 zwischen Varresbeck und Elberfeld durch einen LKW auf der linken Spur...
Opa: Wo sind wir eigentlich? Oh, das sind wir... Apropos wir, ich hätte gern ein Bier. Das Schleppen hat mich durstig gemacht.
Enkel: Opa, Du sollst lenken.
Opa: Sag ich doch, ich muss trinken.
Enkel: Opa, fahr doch endlich auf die Kriechspur.
Opa: Die Riechspur? Ach, irgendwie riecht es hier tatsächlich komisch.
Enkel: Opa, hast Du wieder vergessen, die Handbremse zu lösen?
Opa: Ach deswegen kommt der Wagen nicht richtig in Schwung.... Huch, jetzt hab ich die Ausfahrt verpasst....

Die „gebrannte" CD

Nehmen Sie einen großen, sehr großen Bräter.
Da hinein stellen Sie einen alten Schwarz-weiß-
Fernseher, dem Sie vorher die Innereinen ent-
nommen haben. In den Fernseher stellen Sie ein
Motherboard, das bis auf die Soundkarte ebenfalls leer ist. In dieses (Motherboard) legen Sie
einen Laptop mit Brennfunktion, dessen Hälf-
ten aufgeklappt sind.

Dazwischen schieben Sie ein I-Pad. In dieses
kommt, je nach Geschmack, ein MP3-Spieler
oder ein Smart-Phone. Zuletzt kommt ein I-Pod
in die Mitte.
Nun garnieren Sie alles mit ein paar Mäusen
und fügen Flüssigkeit in Form von Tinte aus
Ihrem Drucker dazu und würzen das Ganze mit
ein paar Chipkarten. Verrühren Sie alles mit
einem USB-Stift. (Natürlich können Sie den
gesamten Vorgang mit Ihrer Digital-Kamera
festhalten).

Nun stellten Sie den Bräter in den Ofen und
tippen auf der Tastatur 200°C ein. Das Ganze
lassen Sie 1 Stunde braten, bis alles zusammen
geschmolzen ist. Das Ergebnis ist eine gebrann-
te CD, die Sie dann in Ihren CD-Spieler legen
können und es ertönt – die japanische National-
hymne.

Olx
oder
„Guten Appetit"

In jüngster Zeit entstehen immer mehr Läden mit Namen wie „Thalialdi" oder „Thalidl". Dort gibt es Bücher verbunden mit Lebensmitteln, sogenannte „Olx".
Das Ziel dieser Olx ist es, zur geistigen Nahrung gleichzeitig echte Nahrung zu reichen.
In den Bücher-Lebensmittel-Läden findet man, z. B. in der Abteilung Romane, Olx mit dem Titel „Der Käse-Aufstand", denen ein Paket Scheibli beigelegt ist. Oder bei den Sachbüchern das Olx „Wie kommt die Leber in die Wurst", dem, Sie ahnen es schon, eine Packung Leberwurst beigefügt ist.
Schwieriger wird es bei den historischen Romanen. Hier enthalten die Olx haltbaren Parmesankäse oder eine gute, alte Flasche Rotwein zu dem Schriftstück „Die Säulen des Glases".
Auch und gerade in der Kinderbuchabteilung findet man Olx wie „Lolli und Lola" mit einem Lutscher versehen. Besonders beliebt zu Ostern: „Bernie, der braune Hase", dem natürlich ein Schokoladen-Osterhase beiliegt.
Findet man im Thalialdi oder Thalidl nicht das, worauf man Appetit hat, bleiben immer noch die „smolx" an der Kasse, kleine Schachteln Zigaretten mit Texten wie z. B. „Der Nebel".
Na, dann guten Appetit!

Die kleinste Blume der Welt

Letztlich hörte ich in den Nachrichten, dass die größte Blume der Welt, der Titanwurz, in einem Gewächshaus in Stuttgart erblüht ist. Das Besondere war auch, dass diese Blume nur 48 Stunden blüht.

Also ging ich in unseren Garten und suchte die kleinste Blume der Welt, um auch sie berühmt zu machen. Auf einer Wiese fand ich ein Exemplar. Ich baute ein kleines Gitter um die Blume und deckte sie mit einem Tuch ab.

Dann lud ich die hiesige Presse ein. Kameras wurden aufgebaut, Berichterstatter waren anwesend.

Dann kam der große Moment: ich zog das Tuch vom Gitter und ein Raunen ging durch die Reihen. Was sie sahen war – ein Gänseblümchen.

Auf der Autobahn (Teil 10)

Es ist Weihnachten. Familie Schmidtchen kommt aus der Kirche. Obwohl sie nur ein kleines Stück auf der Autobahn fahren, laufen die Verkehrsnachrichten.

Sprecher: ... ein unbeleuchtetes Auto...
Opa: Ein unerfreuliches Auto? Was kann den an einem Auto unerfreulich sein?
Enkel: Opa, unbeleuchtet.
Opa: Ach, unerleuchtetes Auto: <u>Ich</u> fühle mich ganz erleuchtet durch den Gottesdienst.
Enkel (wieder): Unbeleuchtet.
Opa: Ach, jetzt verstehe ich. Unbedeutendes Auto. Aber wenn es unbedeutend ist, warum erwähnen sie es dann im Radio?
Mutter: Der Pfarrer hat so schön gepredigt. Auch die Unbedeutenden werden bedeutsam sein.
Opa: Wo ist eigentlich mein Hörgerät? ... Oh, ich glaube, ich habe es in den Klingelbeutel getan.
Enkel: Papa, mach doch endlich die Scheinwerfer an...

Ein etwas anderer Urlaub

Buchen Sie doch einmal einen Urlaub in unserem 5-Waddel-Hotel.
Sie können im Meer borcheln oder auf der Wiese etteln.
Abends können sie fuseln oder mit anderen Gästen schnadeln.
In jeder Suite unseres 5-Waddel-Hotels besteht die Möglichkeit zu bomeln oder im Bad zu bideln. Das Hotel hat Halbpension und zu jedem Abendbrot können Sie lödeln.
Für handwerklich Begabte gibt es eine Kreativ-Werkstatt, in der Sie knideln und knadeln können. Außerdem zeigt Ihnen unser Animateur, wie Sie im Pool wapeln.
Sie können sicher sein, dass Sie nach diesem Urlaub gestidelt und gesiddelt wieder nach Hause fahren.

Video

Ein Inder kommt nach Deutschland. Er wohnt in Indien in einem kleinen Dorf, von Fernsehen hat er schon gehört.
In seinem Hotelzimmer schaltet er als erstes diesen an. Es laufen Videos auf Viva.
Er ist verdutzt und wundert sich:
Die Sängerin gibt es ja doppelt. Erst sitzt sie im Publikum und 2 Sekunden später ist sie schon auf der Tanzfläche. Und warum wehen ihre Haare in geschlossenen Räumen?
Ständig sieht man Gegenlicht und warum ist das Bild auf einmal so gelbstichig?
Und diese abgehackten Bilder.
Also, die Sängerin kann sich aber schnell um-ziehen, in 3½ min 5x, und wie schnell sie ihren Nagellack ändert, muss der nicht erst trocknen?
Und ständig ist ihr Kopf abgeschnitten, warum zeigen sie die Sängerin nicht ganz? Ist das der Grund, warum ihr Kopf blutet? Warum hilft ihr denn keiner?...

Ins Leben gegriffen (III)

Die 5köpfige Familie, Mutter und 4 Söhne,
machen Urlaub auf Mallorca. Beim Einchecken
im Hotel entstehen aufgrund der Namen Probleme.

Hotelangestellte: Ihr Name?
Mutter: Petra Müller.
Hotelang.: Und die Namen Ihrer Kinder?
Mutter: Justin, Jordan...
H: Jostin, Jurdan
Mutter: Nein, Justin mit „u".
H: Wieso sagen Sie dann Justin mit „a"?
Mutter: Ich glaube, das ist englisch.
H: So, so. Der zweite Sohn heißt Jurdan?
Mutter: Jordan.
H: Jourdan mit „ou"?
Mutter: Nein, einfach Jardan, ach Quatsch.
Jordan. Ach, Sie machen mich noch ganz kirre.
H: So, weiter. Die beiden anderen Kinder hei-
ßen?
Mutter: Jason und John
H: John sagt mir was. Das schreibt man doch
mit doppel n?
Mutter: Nein, nein. Mit o und h.
H: Mit a und h?
Mutter (langsam genervt): mit o und h.
H: So, wir haben erst 3 Namen. Wie hieß der
Vierte? Jesan?
Mutter: Jason. Mit „a".

H: Jesan? Richtig?

Mutter (verbittert): Nein, nein, nein. Das „a" ist vorne.

H: Also Ajeson?

Mutter (verzweifelt): Ich buchstabiere: Jaguar, Anton, Sonne, Otto, Norbert.

H: Oh, Ihr Sohn hat aber viele Zweitnamen. Sein Rufname ist also Jaguar, nicht Jesen?

Mutter: Kinder, ich geb auf. Wir nehmen ein anderes Hotel...

Energiegewinnung

Man bohre ein Loch von 1 m Durchmesser und
1 km Tiefe in die Erde. Durch die Schwingung
des Bohrers und die entstehende Wärme entsteht Energie.
Dann stoßen wir auf Erdwärme. Damit betreiben wir ein Stahlwerk. Die entstehende Hitze
und der Rauch werden, mal wieder, in Energie
umgesetzt.
Zurück zur Bohrung:
Wir stoßen auf Grundwasser und wandeln diese
in, Sie ahnen es schon, Energie um.
Außerdem stoßen wir auf eine sprudelnde Quel-
le, mit der wir ein Freibad füllen. Mit Ablassen
des dreckigen Wassers aus dem Schwimmbad
betreiben wir eine Turbine und es entsteht, genau, Energie.
So können wir mit einem kleinen Loch ganz
Deutschland mit Energie versorgen.

Rasen

Als ich letztens durch ein vornehmes Villen-
Viertel spazierte, sah ich ein Schild mit der
Aufschrift: auf dem Rasen ist verboten und
darunter drei kleine Bilder: ein Hund, ein Zelt
und ein Fußball.
Ich ging gespannt weiter und sah zwei Häuser
bzw. Villen weiter ein Schild auf dem stand:
auf der Wiese Kaninchen hoppeln lassen und
Löwenzahn oder Gras pflücken verboten.
Ich ging immer weiter und kam zu einem kleinen Park. Dort standen allerhand Schilder: gril-
len verboten, rauchen verboten, Eis essen verboten und Bonbons lutschen verboten.
Neugierig setzte ich meinen Weg fort und traf
auf Schilder wie: küssen verboten, niesen und
husten verboten. Außerdem kam ich zu einem
sehr gepflegten Vorgarten; hier stand tatsächlich: auf dem Rasen laut sprechen verboten.
Das unglaublichste neonfarbene Schild im hin-
tersten Winkel bei der teuersten Villa lautete:
Bitte beschmutzen Sie den Rasen nicht durch
Ihre Blicke...

Auf der Autobahn (Teil 11)

Opa Schmidtchen, sein Enkel, seine Freundin Elvira und deren kleine Enkelin sitzen im Auto. Sie sind auf dem Weg nach Biarritz in den Urlaub.

Sie sind kaum auf der Autobahn, da fragt die kleine Enkelin: Opa Schmidtchen. Wann sind wir da?

Opa reagiert nicht.

Enkelin stupst ihn an.

Opa: Ich höre nichts.

Enkel: Aber Opa. Du hast doch ein neues Hörgerät.

Opa: Eben, das habe ich an den Walkman angeschlossen.

Elvira: Und was hörst Du?

Opa: Das Musical „My Fair Lady", (pfeift) "... nur ein Zimmerchen irgendwo".

Enkel: Aber Opa, Du musst doch auf den Verkehr achten.... Ich mach mal die Verkehrsnachrichten an.

Sprecher: ...Aquaplaning auf der A46...

Opa: Hui, wir fliegen...

Bergische Sonne

Nachdem wir in einem 5-Sterne-Hotel einen Wellness-Urlaub gemacht haben, war der Besuch der hiesigen „Bergischen Sonne" (ein Spaßbad) ein absoluter Reinfall.

Es fing schon damit an, dass der Parkplatz fast voll war.

Am Empfang/Kasse waren vor uns lauter Problemfälle und wir mussten lange warten.

Als wir endlich dran kamen, erzählte uns die junge Frau, dass heute Sommerfest sei. Das erklärte die dröhnende Musik aus dem Schwimmbad. Meine Mutter war davon nicht so begeistert, ging aber trotzdem mit rein.

Was mich betraf, störte mich die Musik nicht; sie entsprach meinem Geschmack. Was mich aber enttäuschte, war die Erklärung, dass die Sonnenbänke außer Betrieb waren, da sie alt und renovierungsbedürftig waren.

Wir erhielten also zwei Chipkarten, von denen eine kaputt war, so dass wir noch einen Zusatz-Schlüssel für ein Wertgegenstände-Schließfach bekamen. So bewaffnet gingen wir durch eine Seitentür. (Die offizielle Tür war kaputt.)

Wir irrten durch die langen, verwinkelten Gänge, bis wir endlich unsere Schränke fanden.

Die Umkleidekabinen waren ebenfalls unzureichend: entweder der Bügel fiel ständig vom Haken (bei mir) oder der Haken fehlte ganz (wie bei meiner Mutter). Bei meinem Vater ließ sich die Tür nicht schließen und es hatte jemand in die Ecke der Umkleidekabine gepinkelt.

Wir ergriffen die Flucht nach vorn und eroberten die Schwimmhalle: dröhnende Musik, noch lauter, als sich oben an der Kasse erahnen ließ. Wir suchten die Wertgegenstände-Schließfächer und meine Eltern gaben bald auf. Meine Mutter ließ die Tasche abgedeckt auf einer Liege unter einem Handtuch und verschwand.

Mir ließ das keine Ruhe. Ich sprach eine Bade-Aufsicht an, wo denn die Schließfächer seien. Er zeigte mir den ungefähren Weg. Ich hin. Auf dem Schlüssel stand „24 0". Ich versuchte, ging nicht. Dann die Erleuchtung: gemeint war „240". Der Schlüssel passte, aber da stand etwas von „Münze einwerfen". Hm, ich zurück zum Bademeister; der war inzwischen auf der anderen Seite des Schwimmbades. Mit Mühe bewegte ich ihn dazu, mir zu helfen. Er ging los und meinte dann: einfach Schlüssel rein und fertig. Das Schild „Münze einwerfen" sei veraltet. (Wie alles dort!)

So, nun war ich auf der sicheren Seite und eine ¼ h von der „schönen" Badezeit vergangen. Allerdings muss ich positiv erwähnen, dass auf dem Weg zu den Wertgegenstände-Schließfach ein hübscher Teich mit Goldfischen und einem Barsch(?) war.

Ich ging nun ins Solebecken zu meinen Eltern. Der erste Lichtblick: das Wasser war wärmer und salziger als in unserem Wellness-Urlaub. Inzwischen hatte ich eine Uhr im Schwimmbad gesucht (zwecks Badezeit und Wellenzeit im Wellenbecken). Mein Vater zeigte mir eine Uhr, die an einer Wand lehnte und nicht ging. Er zeigte mir auch einen morschen Querbalken am Schwimmbad.

Na gut, das Solebecken solte, das Wellenbad wellte (ich konnte leider nur einen labberigen Luftreifen ergattern, in dem ich lag, als wöge ich 150 kg) und der Whirlpool whirlte.

Nun musste ich mal auf die Toilette. Hypermodern alles, so modern, dass man eine Gebrauchsanweisung brauchte (natürlich ließ sich auch hier die Tür nicht schließen): Die Klorolle war in einem Metallbehälter, der ein ca. 1 cm großes Loch in der Mitte hatte und durch das man ein einzelnes Blatt pfriemeln musste. Die Wasserhähne hatten einen Hebel, es kann aber auch sein, dass sie Sensoren hatten, auf jeden Fall kam irgendwie Wasser heraus; Seifenspender auch sehr modern; der Handtuchbehälter hatte einen Knopf, den ich drehte, worauf ein rotes Licht auf leuchtete und ein Blatt herauskam. Beim zweiten Drehen des Knopfes passierte schon nichts mehr. Als ich die Toilette verließ, hatte ich fast die Klinke in der Hand.

Einer der tragischsten Momente für meine Mutter war der, als sie nach 2 stündigem, erfolgreichen Versuch, ihre Haare nicht nass zu machen, mit mir in die Dusche ging und auch dort die Haare nicht nass machen wollte. Auf die Frage: wie geht denn die Dusche an, antwortete ich: ganz ordinär den Knopf drücken. Das tat sie dann auch. Leider hatte sie dabei nicht beachtet, dass das Wasser direkt über ihr aus der Decke kam. Platsch!!!

Meine Haare waren längst nass und nachdem ich mich angezogen hatte, ging ich zu einem Föhntisch. Hm, der erste Föhn ging nicht, der zweite ...hm, irgendetwas machte ich falsch. Ich schaute mir das Gerät genauer an und entdeckte eine Taste, die man festhalten musste. Juhu!

Zum Abschluss des Wellness-Nachmittags hätte mein Vater fast noch auf dem Parkplatz beim

Rückwärts-Fahren mit dem Auto einen Unfall
gebaut.(Es lag dort viel Baumaterial herum.)
Ging aber noch mal gut.

Uff, Bergische Sonne, nie wieder !

Auf der Autobahn (Teil 12)

Familie Schmidtchen kommt von einer Hunde-
schau. Ihr Hund Fluffy hat den 1. Platz gemacht.

Vater: Oh, diese Ruhe. Ich konnte das Bellen
zum Schluss nicht mehr hören... Ich mach aber
mal trotzdem die Verkehrsnachrichten an.
Sprecher: läuft ein Hund auf der Standspur...
Enkel: Oh, können wir den nicht mitnehmen,
dann hätte Fluffy einen Spielgefährten. Opa, Du
sagst ja gar nichts.
Opa reagiert nicht.
Enkel rüttelt Opa.
Opa: Ich höre nichts.
Mutter: Wo ist denn schon wieder Dein Hörge-
rät?
Opa: Das hat euer Hund gefressen.
Mutter: Vielleicht sollten wir alle mal einen
Kurs für Gebärdensprache und Lippen-Lesen
machen.
Vater: Und wie soll ich dabei fahren?
Opa: Du willst mich aufbahren? Ich bin noch
längst nicht tot...

Ins Leben gegriffen (IV)

Zwei Bewohnerinnen eines Mietshauses treffen sich am Müllcontainer.

Frau 1: Guten Morgen. Schon auf?
Frau 2: Ach, ich wollte schon längst einkaufen gegangen sein. Morgen tue ich früher aufstehen.
Frau 1: Ich bin schon am bügeln. Ich wollte nur schnell den Müll runtergebracht haben.
Frau 2: Haben Sie schon gehört? Dem Michael seine Frau ist fremdgegangen. Sie ist 10 Jahre jünger wie ich und sieht 10 Jahre älter aus als wie ich.
Frau 1: Und der Frau Müller ihr Vater ist gestorben.
Frau 2: Was macht denn die Rosi?
Frau 1: Ach, die ist noch immer am studieren. So, nun muss ich aber weiter bügeln tun. Tschüss.

Umfrage

Das Telefon läutet.
Ich: Corinna Franke.
Frau: Hallo?
Ich: Ja.
Frau: Hallo?
Ich: Ja.
Frau: Hier ist Schnödelfing ... Umfrage ... bla-
blabla ... Smart-Phone ... blablabla
Ich: Wer ist da?
Frau: Mein Name ist Ützman ... blablabla ...
Umfrage. Tirili.
Ich: Was wollen Sie fragen?
Frau: Tralala ... Smart-Phone ... trululu.
Ich: Ich habe kein Smart-Phone. Ich bin mit
meinem Telefon zufrieden.
Frau: Aber, üffühüf ... paperlapap. Smart-
Phone.
Ich: Ich sagte doch, ich brauche kein Smart-
Phone.
Frau: Ich verstehe Sie so schlecht. Ich rufe spä-
ter noch mal ananan.
Ich: Auf Wiedersehen.
Frau: Aufischnaufi.

Gewinnspiel

Meine Damen und Herren, machen Sie mit bei
unserem Gewinnspiel rund um Wuppertal.
Die Hauptgewinne (Platz 5 – 1) sind:
Platz 5:
Besichtigung des Sparkassenhochhauses mit
anschl. Monopoly-Nachmittag.
Platz 4:
Führung durch die JVA Simonshöfchen mit der
Möglichkeit eines kostenlosen, eintägigen Pro-
bewohnens.
Platz 3:
Besichtigung der Kläranlage Buchenhofen mit
anschl. Umtrunk.
Platz 2:
Rundgang durch die Wuppertaler Tafel und
anschl. 4-Gänge-Menü.
Und der absolute Hauptgewinn:
Rundgang durch die AWG (Wuppertaler Müll-
abfuhr) incl. Rundfahrt auf einem Original-
Wagen und Flohmarkt.

Gedanken über Knut
und Kaninchen im Allgemeinen

Manchmal frisst Knut Stroh. Da kommt mir der Gedanke, wie praktisch es ist, das essen zu können, worauf man schläft bzw. was eigentlich für uns Menschen der Teppich ist.

Wenn Knut Stroh frisst, frage ich ihn immer, ob er eine raucht, da im Stroh genauso wenig Nährwert ist wie in einer Zigarette.

Was ich auch faszinierend finde, ist, dass Knut von seiner Köttelecke aus an seine Heukrippe kommt. Wäre das nicht toll für uns Menschen, auf dem Klo essen zu können?

Manchmal schläft Knut auch mit dem Kopf auf dem Futternapf und wenn er dann so döst, kann er gleich etwas dabei essen.

Na ja, essen ist nicht alles:

Alle 2 Monate muss ich mit Knut zum Tierarzt, um die Zähne schneiden zu lassen. Gleichzeitig bitte ich dann die Tierärztin, ihm die Krallen zu schneiden und evtl. Fellknübbelchen zu entfernen. Dann hat Knut also Zahnarztbesuch, Frisör und Pediküre in einem und ist für 15 € rundum erneuert.

Neue Berufe

Im Zuge der allgemeinen Modernisierung bieten wir folgende neue Berufsbilder an:

Duckmäuserei
Hier haben Sie immer die Nase vorn durchs Buckeln.

Spießer:
Sie sind immer auf der sicheren Seite, denn Ordnung und Sauberkeit sind in Deutschland sehr gefragt.

Haarspalterei:
Dieser Beruf ist besonders geeignet für Menschen mit Liebe zum Detail, er soll sogar bald Beamtenstatus erreichen.

Hochstapelei:
Dies ist einer der bestbezahlten Berufe. Man kann hier in kürzester Zeit viel Geld verdienen.

Warmduscher:
Dieses Berufsbild ist mehr als Nebenjob für z. B. Studenten geeignet. Sie arbeiten hier als Proband für Wasserlieferanten.

Schwerenöter:
Hier erlernen Sie das Krisenmanagement, helfen Sie da, wo Not ist.

Der Beruf der Haarspalterei

Werden Sie doch Haarspalter von Beruf. Hier bekommen Sie Aufgaben wie z. B. diese:

- 4 Päckchen Blättchen (4 à 50 Stück) kosten 0,39 €, aufgerundet also 0,40 €.
- D. h. 1 Packung Blättchen kostet 0,10 €.
- Pro Blatt (0,10 : 50 = 0,002 €) also 0,2 Cent.

Wenn jetzt in einem Päckchen max. 2 Blättchen sind, die nicht kleben, hat man einen Verlust von 0,4 Cent.
- Hochgerechnet (50 Blättchen = 100%, 2 Blättchen = 4%) also 4% Verlust.

Man kann nun versuchen, die mangelhafte Packung Blättchen umzutauschen oder Schadensersatz fordern. Am besten man geht direkt zum Rechtsanwalt und der geht mit der Klage vor Gericht.

Sollte Ihnen diese Vorgehensweise nicht ganz zusagen, rate ich Ihnen, die nicht klebenden Blättchen als Einkaufszettel zu benutzen.

Vorschulkindergarten

Lehrerin: Heute beschäftigen wir uns mit dem Thema „Mehl". Also, in der Mühle wird Mehl hergestellt.

Der vorwitzige Anton: Warum heißt es eigentlich „Mehl" und nicht „Mühl"? Oder besser „Müll", man sagt ja auch der Müller?

Lehrerin: Also, noch ein Mal. In der Mühle wird Mehl hergestellt.

Anna (piepst): Wenn in der Mühle Mehl hergestellt wird, könnte die Mühle ja auch „Mehle" heißen?!

Lehrerin: Zum 3. Mal. In der Mühle wird Mehl gemahlen.

Der schlaue Fred: Wenn Mehl gemahlen wird, warum heißt es dann Mühle und nicht „Mahle" oder statt Mehl „Mahl"...

Anna (piepst wieder): Oder „Gemahl"?

Lehrerin: Ich brauch jetzt erst mal einen Korn...

Ampel

Man kennt ja solche Signalampeln: Die machen, solange für Fußgänger rot ist, piep – piep
– piep. Springt die Ampel auf grün, erklingt:
pipp – pipp – pipp.
Letztlich war ich in Bonn und dort war eine
sehr höfliche Fußgängerampel, bei der eine
freundliche Frauenstimme sagte: bitte warten –
bitte warten. Und dann: Sie können jetzt gehen.
Das irritierte mich schon ein bisschen, da ich
die Stimme erst nicht richtig zuordnen konnte.
Aber, wie gesagt, sehr höflich.
Bei der Gelegenheit fiel mir die kuriose Ampel-
anlage am Kölner Zoo wieder ein, die bei rot:
miau – miau – miau machte und dann bei grün
kam ein Löwenbrüllen.
Derart sensibilisiert hörte ich vor kurzem die
Meldung, dass in einem kleinen, Musik liebha-
benden Ort in Frankreich die Fußgänger mit
einem „Attendez, s. v. p." zum Warten aufge-
fordert wurden. Bei grün erklang wahlweise
tagsüber das Lied aus der Oper „Carmen": Auf
in den Kampf, Torero, bzw. nachts das Andante
aus Mozarts „kleiner Nachtmusik".

Steuerverschwendung

Heute erschien das Schwarzbuch 2011 mit den Zahlen, die die Steuerverschwendung des Landes beziffern.

Im Bereich „Natur und Tier" war Folgendes aufgeführt:

Auf der A1 ist für Frösche eine Unterführung gebaut worden, auf der gleichen Strecke südlich eine Überführung für Rehe und noch südlicher eine Ampel für Wildschweine. Kosten: 30.000 €. Man überlegt jetzt, alternativ Pendelbusse einzusetzen.

Des weiteren sind in der Senne bei Bielefeld Treppen in Ameisenhaufen gebaut worden und Strickleitern in Bäumen für Eichhörnchen aufgehangen worden. Kosten: 10.000 €.

Für den kommenden Winter sind im Ruhrgebiet für Wildhasen und Igel Container aufgestellt worden, die mit Moos und Laub ausgelegt sind. Kosten: 15.000 €.

Ebenfalls für die kalte Jahreszeit sind im Schwarzwald Schutzhütten für Bären errichtet worden. Man überlegt nun, die Schutzhütten wegen fehlender Rentabilität für Menschen umzurüsten. Kostenfaktor: 10.000 €.

Der letzte größere Posten im Schwarzbuch ist der Bau von Funk- und Leuchttürmen in Schleswig-Holstein, die Vögeln beim Navigieren helfen sollen. Kostenpunkt: 50.000 €.

Die sollen aber wieder abgebaut werden und stattdessen mehr Futterhäuschen aufgestellt werden.

Aus Knuts Kaninchen-Leben

Ich habe für heute einen Termin beim Tierarzt
gemacht. Knut müssen die Zähne geschnitten
werden. Außerdem hat er eine verfilzte Blume,
die sich die Tierärztin angucken soll.
Es ist ½ Stunde vor dem Termin. Knut liegt
entspannt in seinem Käfig. Ich hole seinen
pinkfarbenen Tragekäfig.

Knut: Au weia. Das schon wieder.

Beim Tierarzt.
Knut: Was zupfen die denn da so lange an meiner Blume herum. Das ist unangenehm und
kitzelt.

Später.
Knut: Jetzt sperren sie mir auch noch mit einer
Klemme das Maul auf und fummeln an meinen
Zähnen.

Zum Schluss.
Knut: Oje, auf die Waage muss ich auch noch.

Wieder zu Hause.
Knut: Jetzt bin ich beleidigt. Lasst mich bloß in
Ruhe. Zur Strafe knabber ich ein bisschen an
der Tapete.

5 Stunden später.

Knut: Heute scheint nichts Schlimmes mehr zu passieren. Ich hau mich mal auf die Seite.

Der Musiker

Er spielt ein leichtes Stück,
also ein Ad**Agiolax**.
Er war früher Bauer gewesen
und hatte im **Silu-mat**erial gesammelt.
Nun wollte er per **Aspirin** ad astra.
Er übte ein neues Stück und
beim nächsten Konzert **Voltaren** gehen.

Leider bekam er einen Schnupfen,
doch er fuhr nach Wien.
Er ge**Nas-i-vin**.
Wien war ein gefährliches **Pflaster**.
Der Musiker ging in die Kirche und
der Pastor sprach zu ihm:
Ich **Salbe** Dich.
Wick-el Dir einen Schal um den Hals
und alles wird gut...

Pröbchen

Lieben Sie auch so Pröbchen wie ich? Ja? Ich
kann gar nicht genug davon bekommen. Leider
hatte ich in letzter Zeit ständig Pech.
Die Gesichtscreme, die mir die freundliche
Apothekerin gab, verursachte bei mir Aus-
schlag, von der Handcreme bekam ich Bläschen
und die Augencreme gegen Fältchen hinterließ
bei mir dunkle Ränder unter den Augen.
Auch mit den Taschentüchern, die sie mir gab,
hatte ich kein Glück: Obwohl ich keinen
Schnupfen hatte, lief durch den starken Euka-
lyptus-Geruch ständig meine Nase.
Auch in der Parfümerie werde ich immer mit
Parfüm-Proben beschenkt. Leider riechen die
meisten nach Kanal in Italien.
Häufig bekomme ich auch ein Päckchen mit
Pröbchen zugeschickt. Das beinhaltet dann z. B.
ein kleines Tütchen Waschpulver, das meistens
Juckreiz bei mir auslöst. Oder Schampoo, von
dem ich Schuppen bekomme. Interessant finde
ich auch die Rubbeldüfte. Letztens rochen meine Finger, als ich an einem Deo-Duft-Streifen
rubbelte, eine ganze Woche verdächtig nach
„Cool Water"...

Nicer-Dicer-Plus

Ich zappe herum und gerate auf einen Verkaufssender. Im Studio ist ein dicker Koch mit Mütze und einem Plastikgerät.

Koch: Sehen Sie hier. Unser Nicer-Dicer-Plus. Er schneidet alles in Sekunden durch. Kartoffeln, in Stifte, in Scheiben, ebenso Gemüse... Sehen Sie hier, mit unserem Nicer-Dicer-Plus geht alles mühelos, Pilze, ... ah Moment, klemmt ein wenig, hm ... nehmen wir ein anderes Gerät, hier Pilze,...hm klemmt schon wieder, huch jetzt hab ich den Deckel abgerissen. Mist, jetzt fällt mir auch noch der Inhalt auf den Boden.

(Koch bückt sich. Seine Mütze fällt in den Kochtopf. Man sieht seine Glatze. Als er sich wieder aufrichtet ist seine Bauchattrappe verrutscht.)

Plötzlich geht im Studio auch noch das Licht aus. In der entstandenen Stille hört man noch den Koch:
Ich hasse Live-Sendungen...

Liebeserklärung

Er und sie kommen aus dem China-Restaurant, in dem sie zu Mittag gegessen haben. Sie sind erst kurze Zeit verheiratet. Für den Nachmittag ist Regen angesagt.

Sie: Schau, die dunkle Wolke dahinten. Lass uns beeilen zum Auto zu kommen, bevor es anfängt zu regnen.
Er: Ja, Schatz. Aber erst möchte ich Dich fragen, ob ich Dich in den Arm nehmen darf...
(es fängt an zu tröpfeln)
Er: ... und küssen darf. Nun sind wir seit 1 Woche verheiratet...
Sie: Maus, es fängt an zu regnen. Sollen wir uns nicht besser irgendwo unter...
(es regnet los)
Er: Wie gesagt, wir sind jetzt 1 Woche verheiratet und ich liebe Dich wie...
Sie: Maus, ich war erst heute beim Friseur, ich werde pitsch...
(es regnet in Strömen)
Er: Ich liebe Dich mehr als mein...
Sie: **Scheiße**! Jetzt bin ich klatschnass...

Urban

Spielen sie **Aldi** großen Hits?
Na, vielleicht ein schönes **Lidl**,
wenn man einen **Penny** einwirft.
Ich geh derweil zum Ein**Kauf**. **Park**en
tu ich in Vohwinkel,
da, wo der **Akzent a** bisserl anders ist.
Du siehst heute aber **Nett o**der toll aus.
Ich **C and A** gar nichts für,
ich muss über**Brüggen** bis zu
unserem Urlaub in Südafrika.
Gibt es da auch **Strauß**e?
Klar, das ist doch der **Kik**.
Wir haben extra im **P & C** nachgeguckt.
Ich tu im Schrank **Cramer** & **Meer Mann**
sucht auch schon seine Sachen.
Ver**Kauf Hof**, ver**Kauf Halle**,
ver**Schlecker** Eis **Hornbach**er
und nehm die **Metro**
nach **BauHaus**.

Fußball

Heute spielen Pawlow Polen gegen Dynamisch
Deutschland.

Das Spiel beginnt, die Polen haben als erstes
den Ball. Schlandrow schießt zu Iklatow, Iklatow zu Porpotulow. Der Deutsche Schlingfang
erwischt den Ball, spielt zurück zu Schlabber-
fing, doch Krakalatow geht dazwischen. Zu
Papperlapapow. Doch da, Konzentriting foult
Papperlapapow. Schiedsrichter Inpendix (ein
italienischer Germane) pfeift.

Einwurf für Pawlow Polen. Der polnische Trai-
ner Krawalotow ist aufgesprungen und ruft
Anweisungen. Auch Manager Oberputow und
2. Manager Inkometetow diskutieren. Auf der
Tribüne zündet sich Vorstandsvorsitzender
Pennylotow eine Zigarette an.

Weiter im Spiel: Antitow nimmt den Einwurf
an, zu Fipipow nah am Tor, der deutsche Tor-
hüter Fangfling hat keine Chance. Tor. Alles
jubelt, nur die Spieler auf der Bank, Anapolo-
tow und Kirotitow, sind ein wenig enttäuscht,
weil sie gerne das Tor geschossen hätten. Der
deutsche Spieler auf der Bank, Liebelfing, zeigt
den Mittelfinger...

Porsche Cabrio

Ich bin auf dem Weg zum Supermarkt. Vor mir am Bürgersteig hält ein silbermetallic Porsche Cabrio. Schwungvoll steigt ein grau-melierter älterer Herr aus. Zärtlich streicht er über den Kühler und verschwindet im nahen Eiscafe.
Kurz darauf kommt ein Fahrradfahrer die Straße herunter, strauchelt und schrammt mit der Pedale an der Seitentür, es knirscht.
Ich bin gespannt stehen geblieben, denn schon droht das nächste Unheil. Die Müllabfuhr ist unterwegs, fährt nah an das Cabrio heran, reißt den Rückspiegel ab. Der Müllmann unbeirrt schmeißt seine Kippe weg, sie landet auf dem Rücksitz des Autos, es fängt an zu qualmen. Der Müllmann nimmt eine Mülltonne, schrammt am Heck, will die Tonne in der Halterung des Müllwagens festmachen, diese macht sich los, der Inhalt ergießt sich in das Innere des silbermetallic Porsche...
Der Besitzer hat seinen Eisbecher geholt, kommt aus dem Eiscafe und sieht... Er fängt an zu weinen...

Umfrage (II)

Das Telefon klingelt.

„Corinna Franke."

„Guten Tag. Ich freue mich Sie direkt zu erreichen. Mein Name ist Michaela Dürr. Ich rufe an im Auftrag des Herz-Gesundheits-Instituts. Es wäre lieb, wenn Sie mir 3 kleine Fragen beantworten."

Die Stimme klingt wie von Band.

Ich entgegne: „Ich möchte keine Fragen beantworten."

Die Stimme unbeirrt: „Achten Sie bei Ihrem Einkauf auf Cholesterin-Werte?"

Ich: Oh, ja, je mehr desto besser. Fetten Speck, Eier...

Michaela Dürr: Haben Sie Übergewicht?

Ich: Wenn Sie 200 kg bei 1,69 m als Übergewicht bezeichnen.

Frau Dürr: Wie oft in der Woche essen Sie Fleisch?

Ich: Täglich und zwar Rumpsteak, blutig. Meine Vorfahren kommen aus Transsilvanien und wenn Sie nicht bald aufhören, so blöde Fragen zu stellen, besorg ich mir Ihre Adresse und sauge Sie auch aus. Auf Wiedersehen.

Staus

Und nun die längsten Staus aus Europa mit insgesamt 5000 km:

A 1002 Hamburg – Stockholm.
Hier ist ein Getränkelaster umgekippt. Es bilden sich in beiden Fahrtrichtungen Staus durch Plünderer.

Weiter AB 20033 zwischen München und Mallorca.
Hier ist ein Reisebus liegen geblieben. Bitte fahren Sie hier besonders vorsichtig, es tanzen und grölen Touristen auf dem Standstreifen.

Nun zur A 1 Köln – Bonn:
Die Autobahn ist in beiden Richtungen voll gesperrt. Hier ist eine Boing 747 notgelandet.

ABC 555 Amsterdam – Düsseldorf.
Hier hat ein Blumenlaster seine Ladung verloren. Bitte umfahren Sie die Tulpen. Sie werden noch gebraucht.

Und zum Schluss:
C 14 zwischen Warschau und Berlin.
Dort brennt ein LKW. Zur Information: Die Polizei wurde eingeschaltet. Man fand beim Löschen eine große Menge geschmuggelter Zigaretten im Wert von 100.000 €.

make a roony

I prommes, so says Curry.
I make a Spa, get in
I don't want to be
so fat to chinese.

He thor tell in me,
he doesn't far fall her

We go to Pi-za
and write with pen neither.

(Zur Erläuterung:
Die unterstrichenen Wortteile ergeben u. a.
Nudelnamen.)

Ink-station

Ist Ihre Patrone leer? Wir von Ink-station helfen Ihnen sofort. Mit unserem Nachfüll-Service „Calamares" kommen wir direkt zu Ihnen nach Hause.
Mit unserer modernen „easy-fill-in"-Technik wird Ihnen sofort geholfen: Die Patrone wird mit unserer „Drilling machine XDM 2011" aufgebohrt, mit dem „Ink-Master" die gewünschte Tinte eingefüllt und mit unserm „Super-Glue" wieder zugeklebt.
Wir von Ink-station haben immer 250 Farbsorten vorrätig, die unsere ausgebildeten Fachkräfte in nur 20 min einfüllen. Kosten pro Patrone: 9,50 €, zuzüglich Anfahrtskosten von 80 € pro Stunde. Leider übernimmt niemand die Kosten. Vielen Dank.

Ada Rosman-Kleinjan

De zuilen van *Jerash*

op reis door Jordanië

Foto voorkant: de zuilen van Jerash
Foto achterkant: in de King Abdulla Moskee in Amman

Copyright © Ada Rosman-Kleinjan * reizen en schrijven

1e druk 2013 *Woestijnkastelen en Stadskamelen*

3e herziene druk 2018 *De zuilen van Jerash*

1e kleintje **Wombat**. Verre bestemmingen dichtbij
Wombat reisboeken
www.adarosman.nl / info@adarosman.nl

ISBN 9783752889062
NUR 508
Herstellung und Verlag:
BoD – Books on Demand, Norderstedt

fotografie: Jan Rosman
auteursfoto achterkant: Hennie de Bruin
landkaart: Ton van der Last
opmaak: Wim Wisman en Ada Rosman-Kleinjan